KU-417-866

© 1997 Grandreams Limited

© 1999 MLP Éditions pour l'édition française

ISBN 2-7434-1069-8

Imprimé en Malaisie

50 HISTOIRES POUR LE SOIR
DE NOUVELLES HISTOIRES PASSIONNANTES

Par Ann McKie

Illustré par Ken McKie

Traduit par Sophie Smith

SOMMAIRE

Le silence de Marie

Marie était une petite fille très bruyante.

Dans la maison, dans le quartier… ou même à l'autre bout de la ville… tout le monde l'entendait crier !

Un jour elle reçut un cadeau de sa Mamie : « Le kit de la petite coiffeuse ».

Ses jouets et ses animaux étaient contents, mais sa maman, elle, était vraiment ravie !

« Avec "Le kit de la petite coiffeuse" elle va rester tranquille pendant un bon moment », disaient-ils.

« Espérons-le ! » soupira son père.

En ouvrant le paquet, Marie découvrit des brosses, des pinces, des rouleaux et des épingles. Il y avait même une petite paire de ciseaux !

Et elle ne dit plus un mot de toute la journée. Tout ce qu'on entendait (en écoutant bien), c'était le tchic, tchic, tchic des ciseaux et le psht, psht de la laque.

« J'ai fini », dit Marie en ouvrant la porte de sa chambre.

Et Maman se mit à hurler ! Et Papa se mit à crier ! Les jouets et les animaux faisaient tellement de bruit… qu'on les entendait à l'autre bout de la ville !

Les ressorts de Caoutchouc

Caoutchouc est un lièvre imbattable. Il a des pattes tellement longues qu'il court comme une fusée et fait des bonds de géant.

Mais un jour ses amis décident de l'abandonner. Ils en ont assez de rester à la traîne !

Alors Caoutchouc reste assis à la maison, tout triste : « Personne ne veut jouer avec moi… »

Tout à coup son gros fauteuil s'écroule et les ressorts explosent !

« Ce n'est pas grave, dit-il. Au contraire, ça me donne une super idée… »

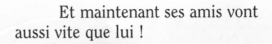

Et maintenant ses amis vont aussi vite que lui !

9

Les assistants

Guy le gardien s'assit dans l'herbe et s'épongea le front.

« Le vent a soufflé fort hier soir. Il a renversé toutes les poubelles, et mon joli parc est maintenant jonché de papiers. »

Et il s'épongea de nouveau le front.

« J'ai passé toute la journée à ramasser les détritus. Je n'en peux plus ! En plus j'ai mal au dos et j'ai chaud. »

La famille Hérisson, qui jouait à cache-cache dans les buissons, entendit Guy le gardien. Ils eurent tous pitié de lui et décidèrent de venir à son secours.

« Nous allons ramasser tous ces papiers sales en moins de deux. Amuse-toi pendant ce temps ! » dit grand-père Hérisson en riant.

Tous les petits Hérissons se mirent en boule et commencèrent à rouler, rouler, rouler, en criant de joie. Le papier se plantait sur leurs épines, et le parc fut ainsi nettoyé en un rien de temps.

Guy était ravi, et la famille Hérisson s'était beaucoup amusée. Ils furent tous récompensés par… une grosse glace à la fraise !

Big Ben est là pour t'aider

Ce matin d'été, très tôt, un énorme camion passa le portail de la ferme et s'arrêta dans la cour.

Il transportait de grosses caisses en bois. « Qu'est-ce-que c'est que ça ? » se demanda Petit Tracteur Vert.

Il mit son moteur en marche et aida le chauffeur du camion à décharger toutes les caisses mystérieuses.

« Je dois m'occuper du foin, dit le fermier à son fils Willy. Va voir ce que c'est ! »

11

Willy ouvrit donc la première caisse et comprit ce que c'était.

Comme sa petite amie Tessa était mécanicienne, il lui téléphona et lui demanda de venir le plus vite possible.

« On va avoir besoin d'aide », dit Willy à Petit Tracteur Vert tandis qu'ils poussaient une roue géante dans la cour.

Tout le monde travailla d'arrache-pied et les caisses furent bientôt vides, et la cour remplie de pièces détachées… c'était une énorme machine !

Willy et Tessa n'eurent aucun mal à assembler l'engin grâce à un livre d'explications et à tout un tas d'outils spéciaux.

Petit Tracteur Vert les aida aussi, bien sûr !

« Et bien ça alors ! hurla le fermier depuis son champ. C'est mon nouveau tracteur géant ! Je l'avais complètement oublié ! »

Petit Tracteur Vert regarda cette chose gigantesque avec stupeur.

« Salut, moi c'est Big Ben ! dit l'énorme machine. Merci de m'avoir assemblé. Veux-tu être mon meilleur ami ? »

« J'aimerais beaucoup, dit Petit Tracteur Vert en soupirant. Mais le fermier ne va plus vouloir de moi maintenant que tu es là ! »

« Ne dis pas de bêtises, dit le fermier en riant. Big Ben est là pour t'aider ! Mes champs sont maintenant trop grands pour un petit tracteur comme toi, et je ne tiens pas à t'épuiser ! » Et il lui caressa le capot.

Depuis ce jour-là, Petit Tracteur Vert et son ami Big Ben vivent heureux ensemble, la journée dans les champs et la nuit côte à côte dans le nouveau garage de la ferme.

13

Le bain à la plage

« On ne va pas se voir pendant quelque temps, dit Pierre à ses jouets de bain. Demain je pars à la mer pour une semaine. »

Il les sécha un par un avec une serviette, puis les remit sur l'étagère à côté de la baignoire.

Dès qu'il eut refermé la porte, le petit marin s'écria : « Quelle horreur ! Nous allons manquer sept superbaignades ! Ce n'est pas possible ! »

Les pauvres jouets passèrent une nuit affreuse à l'idée d'être abandonnés pendant une semaine entière.

Tôt le lendemain matin, Pierre courut à la salle de bain et fourra tous les jouets dans un grand sac plastique. Ensuite son papa mit le sac dans le coffre de la voiture avec le reste des bagages.

La baleine et le pingouin entendirent la maman de Pierre qui disait : « C'est une très bonne idée d'avoir pris tes jouets de bain plutôt que ton nounours. Il aurait été plein de sable et tout mouillé. Il sera mieux ici ! »

« Ça veut dire qu'on va à la mer à la place de Petit Nounours ! » hurlèrent les jouets de bain en s'embrassant et en se félicitant.

Ce fut une semaine fantastique. Pierre amenait ses jouets à la plage tous les jours.

Il construisait un château de sable puis creusait un fossé tout

autour, qu'il remplissait d'eau de mer.

Il avait nommé le petit marin
« Roi du château » ; le pingouin
et le phoque étaient les gardes,
et les autres jouets flottaient dans
le fossé… pour sauver le château
en cas d'attaque !

« C'est vraiment un superjeu !
dit la baleine en riant. J'aimerais
rester à la plage pour toujours ! »

Cette nuit-là la marée emporta
le château de sable, mais laissa des
flaques d'eau et toutes sortes de
petites bêtes dans les rochers.

Alors Pierre passa le reste des
vacances à jouer sur les rochers
pendant que ses jouets de bain
s'amusaient à explorer les flaques.

Le phoque et la baleine firent la
course avec les poissons arc-en-ciel,
et le pingouin devint l'ami d'un très
gros crabe. Le petit marin, lui, partit
plonger avec les canards jaunes, et les
petits bateaux restèrent là,
à se balancer tranquillement
de gauche à droite.

« On rentre la maison ! »
dit Pierre à la fin du dernier jour.

Avant de partir, les jouets
ramassèrent quelques-uns des plus
beaux coquillages de la plage pour
se souvenir de leurs premières
vacances passées au bord de la mer.

Les campeurs

Les vacances d'été touchaient à leur fin et les petits hérissons s'ennuyaient un peu.

« On peut aller camper ? » demanda l'aîné des hérissons à sa maman. Mme Hérisson dit qu'elle était d'accord à condition qu'il se charge de tout.

Les dix petits hérissons préparèrent leurs sacs sans plus tarder.

« On va camper ! On va camper ! » chantait le plus jeune en mettant des habits, des livres et des jouets dans son sac-à-dos.

« C'est moi qui porte la tente ! » dit l'un des petits ; mais elle était si lourde qu'ils durent s'y mettre à quatre.

Deux autres crièrent : « Nous, on porte les casseroles et les couverts ! »

Dès qu'ils eurent fini d'emballer le nécessaire, les dix petits hérissons partirent à la recherche de l'endroit idéal.

À peine furent-ils partis que Bébé Hérisson commença à être fatigué et qu'il voulut qu'on le porte.

Un peu plus loin, les deux hérissons qui portaient les couverts trébuchèrent… et toutes les casseroles se mirent à rouler sur la route.

« Essayons de monter la tente », dit l'aîné.

Par curiosité Bébé Hérisson demanda : « L'un de vous a-t-il déjà monté une tente ? » Et neuf petits hérissons secouèrent la tête.

Ils luttèrent et luttèrent tout l'après-midi, tellement absorbés dans leur tâche qu'ils n'avaient pas pris le temps de manger, pas même un casse-croûte.

« J'ai faim, pleurnicha Bébé Hérisson. Il va bientôt faire tout noir. Je veux rentrer à la maison ! »

Les autres petits hérissons n'avaient pas pensé à ça ! Ils allaient devoir dormir dans une tente, dans le noir, très loin de leur maman et sans avoir mangé !

Ils remballèrent tout aussi vite que possible et partirent en courant vers la maison.

Quand les dix petits hérissons arrivèrent enfin au portail, la nuit était presque tombée.

« Je sens une odeur de pain grillé ! s'écria Bébé Hérisson. Et une odeur de saucisses et de pommes de terre ! »

« Bienvenue à la maison ! dit maman Hérisson en souriant. J'ai décidé de camper dans le jardin ce soir. Ça vous tente ? »

Bien sûr que oui !

Sybille remonte l'horloge

Le maire se tenait devant son bureau, le nez en l'air. Il regardait l'horloge d'un air très inquiet.

« Que se passe-t-il, Monsieur le maire ? » demanda Sybille la cigogne qui se promenait avec quelques amis.

« C'est l'horloge ! » répondit le maire sans baisser le nez.

« Parfaitement à l'heure ! » dit Sybille en regardant sa montre. Quatre heures pile ! »

« L'horloge municipale est toujours parfaitement à l'heure, répondit fièrement le maire. Ce n'est pas le problème. »

« Alors, puis-je savoir de quoi il s'agit ? », demanda Sybille la cigogne, toujours très polie.

Le maire regarda brusquement la montre de Sybille.

« Sybille, dit-il en souriant. Je n'ai plus de problème grâce à vous ! »... et Sybille écouta attentivement.

« Je dois m'absenter aujourd'hui, dit le maire. Et j'ai besoin d'une cigogne responsable, avec une montre, qui remonte l'horloge de la mairie. »

Sybille ouvrit le bec pour parler, mais le maire lui avait donné la clé et avait disparu avant qu'elle ait pu prononcer un seul mot.

« Comment diable vais-je monter là-haut ? » s'écria Sybille en regardant la tour d'un air consterné.

Ses amis ouvrirent le bec pour parler…

« Ne me soufflez pas ! cria Sybille. J'ai besoin d'une échelle. Non, j'ai besoin de deux échelles ! »

Une fois de plus ses amis ouvrirent le bec pour parler… mais Sybille avait déjà trouvé deux échelles et était en train de les attacher bout à bout avec une corde.

« Ce n'est pas assez long ! gémit-elle. Vite, un échafaudage ! »

Et ses amis essayèrent encore de dire quelque chose… mais Sybille n'avait pas envie d'écouter.

Peu de temps après, un entrepreneur livra un échafaudage en morceaux devant la mairie. Il fut rapidement assemblé et hissé contre la tour de l'horloge.

« Je ne peux pas grimper là-haut ! » s'écria la pauvre Sybille, et elle se cacha la tête sous l'aile… Ses amis purent enfin parler…

« Que tu es bête ! hurlèrent-ils d'une seule voix. Le maire t'a demandé de remonter l'horloge parce qu'il savait que tu pourrais VOLER jusqu'à là-haut. Ça fait des heures qu'on essaye de te le dire ! »

19

Manon éteint le feu

Manon avait un papa pilote d'hélicoptère. La petite fille le regardait souvent voler car ils habitaient tout près du terrain d'aviation.

Il lui arrivait même de voir son papa descendre l'hélicoptère très bas, près du jardin. Et il l'emmenait parfois visiter l'aérodrome, où elle pouvait admirer plein d'avions différents. Mais le préféré de Manon, c'était le petit hélicoptère de son papa.

Ce jour-là son papa lui demanda : « Ça te plairait de faire un petit tour avec moi ? »

« Oh oui ! dit Manon. On pourra voler au-dessus du jardin et faire coucou à maman ? »

Manon et son papa montèrent à bord et décollèrent.

À peine étaient-ils partis qu'ils reçurent un appel radio.

« Il y a un grand feu sur le bord de la piste ! dit la voix. Le camion de pompier de l'aérodrome est en panne. Tu peux nous aider ? »

Manon et son papa voyaient d'épais nuages noirs monter de l'aérodrome.

« Si nous n'agissons pas rapidement, dit le papa de Manon d'une voix anxieuse, le feu va se propager jusqu'à la tour de contrôle ! »

« Regarde, s'écria Manon. Je vois maman dans le jardin ! »

« On n'a pas le temps de faire coucou ! » hurla son papa pour couvrir le bruit de l'hélicoptère.

« Tu vois ma petite piscine ? cria la fillette. Si on arrive à l'accrocher sous l'hélicoptère et à la transporter jusqu'à l'aérodrome, ça éteindra peut-être le feu ! »

« Très bonne idée ! » acquiesça son papa. Il descendit doucement vers le jardin, et Manon jeta des cordes et des crochets par la porte de l'hélicoptère.

Tous les voisins accoururent pour les aider et la piscine fut bientôt prête à s'envoler.

Il remonta l'hélicoptère et vola doucement jusqu'à l'aérodrome.

« Lâche les cordes ! Maintenant ! » cria-t-il à Manon quand il fut au-dessus du feu.

Et quand Manon lâcha les cordes, toute l'eau de la piscine se déversa sur les flammes.

Le feu s'éteignit et la tour de contrôle fut sauvée… Quand Manon, son papa et le petit hélicoptère touchèrent le sol, tout le monde les attendait pour les applaudir très fort !

Le chef

Le fermier et sa femme ont prévu de s'absenter toute la journée, et doivent donc laisser les animaux tout seuls.

« Ça m'inquiète de laisser Grassou, dit le fermier. C'est une de mes préférées, mais elle peut être très bête et complètement fofolle ! »

Sa femme regarde alors dans la basse-cour et comprend tout de suite ce qu'il veut dire.

Elle voit Grassou qui bat des ailes, glousse et caquette en courant en rond dans la ferme.

« Qu'est-ce-qu'on va faire avec cette oie stupide ? » grogne le fermier en secouant la tête.

« J'ai ma petite idée ! » répond sa femme en esquissant un sourire.

Le lendemain matin, très tôt, le fermier et sa femme réveillent Grassou et lui disent : « Aujourd'hui, c'est toi le chef ! »… Et ils s'en vont.

« Quoi ? Moi ? Je n'y crois pas ! Ce n'est pas vrai ! » bafouille Grassou en courant dans tous les sens, totalement affolée.

Puis elle s'arrête brusquement, prend une profonde inspiration et dit d'une voix très calme :

« JE SUIS LE CHEF ! »

Et sans plus attendre elle monte sur un tas de foin pour crier des ordres aux animaux abasourdis.

« Vaches, à la traite !

Cochons, sarclez les navets !

Moutons, râtelez le foin !

Âne, apporte le lait au marché !

Chien, conduis le tracteur ! »

Grassou n'en n'avait pas encore terminé car elle avait beaucoup d'ordres à donner.

« Chèvres, réparez le toit de la grange !

Chats, nettoyez la cour !

Dindon, à la pompe !

Et vous les poules, coupez du bois ! »

Quand le fermier et sa femme rentrèrent, ils n'en revinrent pas du travail qui avait été accompli.

« Tu es devenue une oie très intelligente ! » dit le fermier à Grassou en lui caressant la tête.

« Je savais que ça se passerait comme ça ! » dit sa femme en souriant.

« C'est très dur d'être le chef », caqueta Grassou en battant des ailes. Elle se mit à courir en rond dans la cour. « Je préfère être bête ! »

Le fermier et sa femme secouèrent la tête en soupirant…

23

Le jeu des statues

As-tu déjà joué aux statues ? C'est un jeu très amusant !

Un des joueurs tourne le dos pendant que les autres courent partout, et, quand il se retourne, tout le monde doit s'arrêter et rester figé comme une statue !

Tu te fais même éliminer pour avoir cligné des yeux ! Celui qui reste figé le plus longtemps a gagné.

derrière sa cabane de jardin. Ils avaient tous des paniers vides qu'ils étaient prêts à remplir de merveilleuses fraises.

Bob le Lapin et ses amis adoraient jouer aux statues. Un jour, ils décidèrent d'utiliser leur jeu préféré pour piéger M. Renard.

C'était au début de l'été.

M. Renard avait un jardin et, au beau milieu du jardin, un grand carré de fraises bien juteuses.

« Je ferai le gué jour et nuit », dit M. Renard à voix haute tandis qu'il gardait son jardin. « Bob le Lapin et ses affreux petits copains n'auront pas une seule de mes fraises ! »

Ce que M. Renard ne savait pas, c'est qu'ils attendaient cachés

« Bonjour, monsieur Renard ! lança Bob le Lapin. Je n'ai jamais vu personne rester sans bouger aussi parfaitement que vous ! Vous savez jouer aux statues ? »

« Personne ne reste sans bouger aussi bien que moi, se vanta M. Renard. Et je suis imbattable au jeu des statues ! »

« Vous nous montrez comment
on joue ? » le supplia Bob le Lapin
en se retenant fort pour ne pas rire.

M. Renard abandonna son carré
de fraises pour montrer à Bob et à ses
amis comment jouer aux statues.

« Qu'est-ce-qu'il est fort ! »
soupira Bob en regardant M. Renard
rester parfaitement figé.

Au fur et à mesure du jeu, les
petits animaux s'éloignaient un par
un.

Ils s'introduisaient
discrètement dans le carré de fraises
de M. Renard, remplissaient leurs
paniers et détalaient.

Le jeu se termina enfin et
M. Renard était le seul à être encore
debout dans le jardin, raide comme
une statue !

Bob le Lapin aurait dû dire
à M. Renard qu'il avait gagné, mais
le petit rusé avait la bouche pleine
de fraises !

Le sous-marin rayé

Il était une fois un joli sous-marin coloré qui s'appelait Rayure. Tous les jours il s'endormait juste sous la surface de l'eau, doucement bercé par les vagues. Il aimait faire la sieste !

« J'ai dû dormir pendant des heures, dit Rayure. La nuit est déjà tombée. »

« Mais non, il ne fait pas encore nuit, dit la méduse en riant. C'est juste une mouette idiote qui a fait son nid sur ton périscope ! »

« Oh, non ! souffla Rayure. Il faut qu'elle déménage ou je ne pourrai plus plonger ! »

« Je suis vraiment désolée, caqueta la mouette idiote. Je viens de pondre trois œufs. Il va falloir que je reste ici jusqu'à ce qu'ils éclosent et que mes poussins soient en âge de voler. »

Rayure était bouleversé. « Mais combien de temps ça va prendre ? » demanda-t-il.

« Au moins douze semaines ! » répondit la mouette idiote.

Rayure poussa un grand soupir et faillit plonger très profond.

« N'oublie pas, dit la méduse. Tu peux monter sans risques, mais surtout ne descends pas ! »

Alors, pendant douze longues semaines, le sous-marin rayé navigua à la surface des océans avec la mouette idiote et ses trois poussins installés sur son périscope.

Comme tu peux le voir, ses copains aquatiques ont tout fait pour qu'il ne s'ennuie jamais. Et quand les quatre mouettes s'envolèrent enfin, Rayure pensa : « Elles vont vraiment me manquer ces mouettes idiotes ! »

Lucille et la glace supergéante

On était en plein mois d'août. Le soleil brillait et le ciel était d'un bleu limpide. « Qu'est-ce-qu'il fait chaud ! » se plaignaient les jouets. Même le petit soldat avait mis des habits plus légers.

« Enlève ton manteau ! » dit-il à Lucille, la jolie poupée de chiffon.

« Tu sais bien que je ne fais jamais ça ! répondit-elle sèchement (pourtant elle aussi avait trop chaud). Je vais plutôt manger une glace pour me rafraîchir ! » Et la voilà partie.

À son retour Lucille tenait la plus grosse glace qu'on ait jamais vue, mais cette poupée égoïste n'avait rien rapporté aux autres jouets.

« Je vais manger ma glace supergéante dans un instant, dit Lucille. Mais d'abord je vais vous la décrire ! »… Et c'est ce qu'elle fit.

« Ma glace supergéante a goût de… fraise, vanille, chocolat, caramel, avec du coulis de caramel et des pépites de chocolat recouvertes de vermicelles multicolores ! »

Lucille était tellement occupée à parler qu'elle ne vit pas sa glace supergéante fondre au soleil. Elle coula tout le long de son beau manteau et goutta sur ses souliers neufs !

« Ça t'apprendra à être égoïste ! » se moqua le petit soldat. Et il partit vite acheter des glaces pour tout le monde.

Quant à Lucille, elle passa le reste de cette chaude journée à nettoyer son beau manteau et ses souliers neufs !

27

Deux astronautes courageux

Il était une fois deux astronautes courageux qui s'envolèrent vers la Lune dans une belle fusée d'argent.

Leurs habits étranges étaient recouverts de fermetures à glissière et de poches.

Ils portaient un casque sur la tête et des bouteilles d'air sur le dos.

Leurs pieds étaient chaussés d'énormes bottes lunaires.

Les deux astronautes courageux alunirent, puis commencèrent à parcourir toute la surface de la Lune en laissant de grosses, grosses empreintes de bottes.

Ensuite l'un deux fila dans la Jeep lunaire pendant que l'autre remplissait un seau de poussière de Lune.

Avant de repartir vers la Terre, l'un deux planta un drapeau pour

prouver qu'ils avaient bien été
sur la Lune.

« À la maison ! » dit l'un.
Et ils s'envolèrent sans plus tarder.

Ils arrivèrent enfin sur la Terre
avec un grand… plouf !

L'un des courageux astronautes
ouvrit l'écoutille et cria « Hourra ! »
en agitant son drapeau.

« Où as-tu trouvé ce
drapeau ? » demanda l'autre.

« Une personne négligente
l'a oublié sur la Lune. J'ai trouvé
que ça faisait désordre…
alors je l'ai rapporté ! »

L'orteil d'Emma

« Le petit déjeuner est prêt ! »
Emma l'éléphant accourut, mais
trébucha et se cogna l'orteil. « Aïe ! »

« Grosse idiote ! » s'écria Nora,
la femme du gardien, qui servait le
petit déjeuner aux autres animaux du
zoo.

« Aïe ! hurla Emma la bouche
pleine de toasts beurrés. Aïe, aïe,
aïe ! »

« Où est-ce-que ça te fait
mal ? » demanda Nora gentiment.

« Au gros orteil ! » hurla
Emma en avalant une tartine de plus.

« Là, là ! dit Nora. On ferait

mieux d'appeler le vétérinaire. »
Et elle partit téléphoner.

« Aïe ! » hurla encore Emma.
Les autres animaux, désolés, lui
préparèrent des tartines grillées pour
la consoler.

Quand le vétérinaire arriva, il
ouvrit sa sacoche et en sortit un gros
pansement.

« Est-ce-que ça va faire mal ? »
souffla Emma en mâchant un toast.

« Pas du tout, répondit le
vétérinaire en collant le pansement.
Mettez cet orteil au repos pendant
une semaine, jeune fille ! » Et il s'en
alla.

« Ça risque d'être un problème,
soupira Nora. On n'a pas de chaise
roulante assez grosse pour toi ma
pauvre Emma ! »

« Je ne peux pas rester au
même endroit pendant une
semaine ! » gémit Emma qui avait
englouti tous les toasts du petit-
déjeuner.

Le gardien du zoo venait
d'arriver. Il avait entendu l'éléphant
crier « Aïe, aïe, aïe ! » et se
demandait ce qui se passait.

« Elle doit laisser son gros
orteil au repos ! dit Nora.
Qu'est-ce-qu'on va faire ? »

« Aucun problème ! » s'écria
le gardien. Et il s'éloigna pour
appeler une usine des environs.

Tous les animaux du zoo
restèrent auprès d'Emma. De temps
à autre elle criait « Aïe, aïe, aïe ! »
pour leur rappeler qu'elle avait
toujours mal à l'orteil.

« Ça y est ! C'est arrivé ! » cria
le gardien en voyant un gros camion
passer le portail du zoo.

Il y avait sur la remorque, prêt
à être déchargé... un chariot
élévateur !

« C'est parfait ! s'écria Nora
d'un air enchanté. C'est exactement
ce qu'il fallait pour promener Emma
toute la semaine ! »

Pedro le Peureux

As-tu déjà voyagé dans un train fantôme ? Moi oui, et ça fait très peur.

Voici l'histoire de Pedro, un petit train fantôme peureux. Et pourtant, c'est lui qui fait faire des voyages effrayants !

Il emmène ses passagers dans de grands tunnels sombres et terrifiants, où les monstres surgissent, les squelettes ricanent, et où de grosses araignées velues descendent du plafond tandis que leur toile soyeuse vous caresse le visage… ce qui fait hurler tout le monde !

« Que c'est amusant ! » s'écria un jour un petit garçon. Pedro le Peureux le voyait souvent.

« Pas du tout ! répondit Pedro tremblant de peur. Toutes ces choses affreuses… Je ne m'y habituerai jamais ! »

Cela fit beaucoup rire le petit garçon. « Mais tout est faux ! Ce ne sont pas de vrais monstres. Les fantômes ne sont que de vieux draps

blancs et les araignées un peu de
fourrure accrochée à un fil ! »

« Ça fait quand même peur »,
bredouilla le petit train très gêné.

« Tu as besoin de vacances !
dit le petit garçon. Je t'emmène
à la campagne. Tu verras, tu
te sentiras beaucoup mieux. »

Et le petit garçon conduisit
Pedro hors de la foire. Ils ne
s'arrêtèrent pas avant d'être au milieu
de jolies collines vertes.

Pendant le voyage, ils passèrent
à côté d'un troupeau de vaches.

« MEUH ! MEUH ! MEUH ! »
beuglèrent-elles en s'enfuyant
dans tous les sens.

Un peu plus loin, le petit train
fantôme terrifia les moutons. Ils
détalèrent aussi vite que possible,
suivis par les lapins, les cochons
et tous les oiseaux de la basse-cour.

« Qu'est-ce-qui leur prend ?
demanda Pedro le Peureux.
De qui ont-ils peur comme ça ? »

« Mais de toi ! dit le petit
garçon en souriant. Ils n'avaient
jamais vu de train fantôme ! »

« Mais ils n'ont pas besoin
d'avoir peur de moi ! » dit Pedro
en riant.

« Et toi, tu ne devrais pas
avoir peur de ces faux monstres
à la foire ! »

Pedro le petit train peureux baissa la tête. « J'ai été stupide » marmonna-t-il.

« Tout à fait ! dit le petit garçon. Tu devrais venir à la campagne plus souvent. Les animaux s'habitueraient vite à toi. »

« Je pourrais les emmener faire un tour », suggéra Pedro… et c'est ce qu'il fit !

Quelque temps après, le petit garçon ramena Pedro à la foire, où l'attendait une longue file d'enfants.

« En voiture, annonça Pedro, pour le voyage le plus terrifiant de votre vie ! » Ils se mirent tous à crier et à hurler.

« Gare à vous monstres, squelettes et araignées dégoûtantes… J'ARRIVE ! »

Et Pedro le train fantôme fit un clin d'œil au petit garçon avant de disparaître dans le grand tunnel noir.

Pas de coucou !

Quand l'heure était venue de se coucher, Maman racontait une histoire aux enfants. Et tous les jouets écoutaient…

« J'aimerais que les histoires durent plus longtemps », dit l'un des enfants.

« Nous aussi ! » murmurèrent les jouets.

« Quand le coucou sur le mur dit qu'il est huit heures, je ferme le livre et il faut dormir » dit Maman.

« Même si l'histoire n'est pas finie ? » s'écria l'un des enfants.

« Absolument », répondit-elle d'un ton ferme.

« L'un de nous devrait aller parler à ce coucou », dit le panda. « Moi je ne peux pas. Je suis beaucoup trop gros et trop lourd pour grimper là-haut ! »

« Et bien nous, on va essayer ! » décidèrent les petits jouets.

Enfin arrivés devant la petite porte du coucou, ils frappèrent.

Le coucou qui habitait là fut ravi de les rencontrer et décida de les aider. « À huit heures, je ne dirai pas coucou ! leur dit-il. J'attendrai un petit moment ! »

« Vos histoires sont de plus en plus longues, on dirait ! » s'étonna Maman pendant qu'elle lisait. Mais tout le monde écoutait trop attentivement pour lui répondre… surtout le petit coucou !

35

Le nouveau lit

« Il me faut un nouveau lit !
dit Gros Ours en se réveillant.
Ma tête dépasse, mes pieds dépassent,
et je tombe par terre à chaque fois
que je me retourne ! »

Pour prouver ce qu'il disait,
Gros Ours se retourna et tomba du lit
avec un grand boum !

Les petits ours se mirent à rire,
et à rire tellement fort qu'ils durent

boire plusieurs verres d'eau pour
se calmer !

« Gros Ours, on va s'en
occuper ! dirent les petits ours après
le déjeuner. On va aller voir l'Ours
Menuisier, et il va construire un lit
à ta taille ! »

« Il est gros comment ? »
demanda l'Ours Menuisier.

« Gros comme ça ! » dit un petit ours en écartant les bras le plus possible.

« Il est beaucoup plus gros que ça ! crièrent les autres petits ours. Il est vraiment énorme ! »

Trois petits ours joignirent les mains et se mirent en cercle. « Il est au moins gros comme ça ! » dirent-ils.

« Mais alors, c'est un ours géant ! » souffla l'Ours Menuisier.

Quand le lit fut enfin terminé, il fallut plusieurs ours costauds pour le livrer chez les ours.

« Il est assez grand pour nous tous ! » blagua Gros Ours en voyant son nouveau lit.

« Super ! crièrent les petits ours en sautant partout. On va tous dormir dans le même lit ! C'est chouette, non ? »

… Mais Gros Ours ne semble pas vraiment être du même avis, n'est-ce-pas ?…

La sœur de M. Loup

Un jour qu'ils se promenaient, les trois petits cochons virent M. Loup arriver en courant.

Il passa devant eux sans même les remarquer, ce qui était bien étrange… D'habitude, il essayait toujours de les attraper pour les croquer !

Intrigués, ils décidèrent de le suivre pour voir.

Ils se cachèrent dans un buisson et le virent attendre à l'arrêt de l'autobus.

« Peut-être que M. Loup s'en va et qu'il ne nous embêtera plus jamais ! » dit un petit cochon.

« Penses-tu ! » s'écrièrent les deux autres.

Le bus arriva… et qui en descendit ? La grande sœur de M. Loup !

« Elle doit être très féroce, regardez ces dents ! » gémit le premier petit cochon.

« Elle doit être très forte, regardez ces griffes ! » gémit le deuxième petit cochon.

« Elle a l'air très sympathique ! dit le troisième petit cochon. Voulez-vous que j'aille lui dire bonjour ? »

« Surtout pas ! hurlèrent les deux autres. Courons vite à la maison avant qu'ils ne nous croquent ! »

Une fois à l'abri, les trois petits cochons s'assirent pour réfléchir.

« Nous ne faisons pas le poids face à M. Loup et à sa grande sœur, dirent-ils d'un commun accord. Il va falloir élaborer un plan astucieux ! »… Et c'est ce qu'ils firent.

Le lendemain matin les trois petits cochons allèrent frapper à la porte de M. Loup.

Le premier portait un gros bouquet de fleurs, le deuxième une boîte de chocolats entourée d'un beau ruban rouge, et le troisième un panier rempli de fruits.

« Ces cadeaux sont pour vous, belle grande sœur ! » dirent les trois petits cochons avec un grand sourire (et les genoux qui tremblaient).

M. Loup était sur le point de les attraper quand la grande sœur sortit sur le palier.

« Pour moi ? » soupira-t-elle de bonheur en leur chatouillant le museau.

Elle ouvrit la boîte de chocolats et la partagea avec les trois petits cochons… mais, plus encore…, elle demanda à M. Loup de tout faire chez eux !

Il arrangea le toit, peignit la clôture, coupa assez de bois pour tout l'hiver, tondit la pelouse et coupa les haies… il ramona même la cheminée !

« C'est ma façon de dire merci à ces trois adorables petits cochons tellement gentils ! » dit la grande sœur de M. Loup.

La nouvelle école

Lolotte et Lola avaient déménagé. Elles aimaient bien leur nouvelle maison avec son grand jardin… alors pourquoi étaient-elles si tristes ?

Mme Maurice, la nouvelle voisine, apparut derrière le mur.

« Bonjour les filles ! dit-elle. Vous avez l'air bien triste ! »

« C'est vrai ! » dirent Lolotte et Lola en croisant les bras.

« Demain matin on commence dans la nouvelle école, continuèrent les deux fillettes. Mais nous, on ne veut pas y aller. Jamais ! »

Mme Maurice recula, stupéfaite. « Vous voulez parler de la grande école entourée de jeux qui se trouve de l'autre côté du parc ? »

Les deux fillettes firent oui de la tête, toujours tristes.

« Vous parlez de l'école avec les hamsters, les cochons d'Inde et les bébés lapins, avec un grand bassin à poissons et une mangeoire à oiseaux ? »

« Peut-être », dirent les fillettes soudain intéressées.

« Vous voulez dire l'école où on fait des gâteaux, où on va à la piscine et où on fait des pique-niques l'été et des fêtes à Noël ? »

« On espère bien, madame Maurice ! » Et les deux fillettes coururent préparer leurs affaires.

Le lendemain matin elles ne tenaient pas en place. « Vite, à l'école ! »

En ouvrant la porte de leur classe, Lolotte et Lola entendirent une voix familière qui leur dit : « Bonjour Lolotte, bonjour Lola. Je suis votre nouvelle maîtresse, Mme Maurice ! »

Ne l'ouvre pas

Hélène le hamster était très indiscrète. Elle mettait souvent son petit nez rose où il ne fallait pas.

« Je suis juste curieuse ! » disait-elle en essayant tous les parfums d'une inconnue.

« Arrête de fourrer ton nez partout », se plaignit une amie d'Hélène en la voyant ouvrir tous ses placards.

Un jour, posée par terre, Hélène trouva une mystérieuse boîte en bois.

« Je dois découvrir ce qu'il y a là-dedans ! » dit-elle en essayant de soulever le couvercle.

« C'est fermé à clef ! » s'écria-t-elle, ce qui la rendit plus curieuse que jamais.

« Je suis sûre que je vais la trouver, cette clef ! » Et en effet, Hélène la fouineuse la trouva tout de suite.

« Quelqu'un veut m'empêcher de découvrir ce qu'il y a dans la boîte ! » ricana Hélène en tournant la clef.

Au même moment, elle crut entendre un bruit étrange.

« C'est une boîte à musique pensa-t-elle ravie. Je le savais ! »

Et brusquement, sans crier gare, le couvercle s'ouvrit et… DZOING… un clown à ressort lui sauta au visage !

La pauvre Hélène eut la frayeur de sa vie.

« Bien fait pour toi ! jacassa-t-il. Voilà ce que c'est de fourrer ton nez n'importe où ! »

41

La clairière hantée

Tito la Taupe était chargé de distribuer le courrier de tous les habitants de la forêt.

Sa tante, Mlle Taupe, l'aidait à trier les lettres destinées à chaque animal.

« Tiens, c'est bien étrange ! remarqua Mlle Taupe ce matin-là. Elles sont toutes pareilles ! »

Tito mit la matinée entière à tout distribuer, et il était épuisé.

M. Blaireau Gris était sa dernière adresse.

« Ouvrons nos lettres ensemble, suggéra Tito la Taupe à M. Blaireau. Moi j'ai une invitation à une fête dans la clairière hantée… à minuit ! »

« Moi aussi, dit M. Blaireau Gris en agitant sa lettre. Je trouve ça louche ! »

« Mais non, voyons, s'écria Tito. Moi j'y vais ! » Et il partit précipitamment.

Dès qu'ils se croisaient, les animaux se montraient leurs invitations… Elles étaient toutes pareilles !

« Je n'aime pas m'approcher de la clairière hantée, murmura Mlle Taupe. C'est tellement sinistre que ça me donne la chair de poule ! »

« Mais non ! s'écria Tito. On va y aller tous ensemble avec des

lanternes. Ce serait dommage de rater cette fête ! »

« Ça m'a l'air très amusant ! » dit Susie la Souris de sa petite voix aiguë.

Les animaux de la forêt passèrent le reste de la journée à se préparer et à repasser leurs habits de fête.

M. Blaireau Gris fut le seul à ne pas vouloir y aller. « Je ne comprends pas tout ce remue-ménage, glissait-il à qui voulait l'entendre. Je trouve ça très louche de nous inviter tous à la clairière hantée à minuit. » Une expression étrange passa sur son visage. « Je vais rentrer chez moi et y réfléchir ! »

Quand la nuit tomba, les animaux enfilèrent leurs plus beaux habits et attendirent.

« C'est long jusqu'à minuit », dit Susie la Souris qui avait du mal à garder ses petits éveillés.

Mme Lapin Gris, elle, avait mis tous ses petits au lit à six heures. Elle avait promis de les réveiller à onze heures pour qu'ils aient le temps de se préparer et d'arriver à la clairière hantée à minuit.

L'heure du départ arriva enfin. De petits groupes d'animaux munis de lampes et de torches se rassemblèrent devant les maisons.

« Vous êtes sûr de vouloir rester ici au lieu d'aller à la fête ? » demanda Tito la Taupe en passant devant chez M. Blaireau Gris.

« Tout à fait ! » répondit le blaireau qui portait un imperméable noir, un chapeau et une batte de cricket. « J'ai du travail ! »

« À minuit ? » pensa Tito la Taupe. Mais il oublia M. Blaireau et rejoignit Susie la Souris et les autres qui marchaient vers la clairière hantée.

La route était longue, et il faisait sombre et froid.

« Est-ce-que la clairière hantée est vraiment hantée ? » demanda un petit lapin.

« Écoute ! murmura un renardeau. J'entends des fantômes gémir… Hou, hou ! » Tous les petits se mirent à trembler de peur.

« Arrête tes bêtises, dit fermement M. Lapin Gris. On ferait bien de se dépêcher, il est presque minuit. »

« Les fantômes sortent quand sonnent les douze coups de minuit ! » dit un petit lapin d'une voix tremblante.

« Ce ne sont que des sottises ! » répliqua sa maman.

Et ils arrivèrent finalement à la clairière hantée. Qu'est-ce-qu'ils y découvrirent ?… RIEN DU TOUT… Pas de lumières, pas de buffet, pas de ballons, pas de musique… la clairière hantée était complètement vide !

« Je crois que nous avons été piégés, dit Mme Lapin Gris. Il n'y a jamais eu de fête ! »

Alors les animaux repartirent en traînant des pieds… et que

virent-ils en arrivant chez eux ?
M. Blaireau Gris qui les attendait
pour leur souhaiter la bienvenue.

« Nous avons tous été piégés »,
dit calmement Tito la Taupe.

« Ça c'est sûr ! » répondit
M. Blaireau avec un grand sourire.
Les animaux se sentirent encore
plus gênés.

« J'ai trouvé ces invitations
très bizarres, dit M. Blaireau qui
commençait à s'amuser. Alors je suis
resté pour voir ce qui allait se passer,
et j'ai eu raison ! »

« Dites-nous ce qui s'est
passé ! » supplia Tito en tirant
sur l'imperméable de M. Blaireau.

« Voilà ce qui s'est passé ! » Et
il alluma la lumière devant sa porte.

Ils virent deux méchantes
hermines et une affreuse belette

entassées sur le sol. Elles étaient
ligotées avec des cordes et bâillonnées
avec les beaux foulards de Mlle Taupe.
Et tout autour d'eux, éparpillé sur le
sol, se trouvait ce que les animaux
de la forêt avaient de plus précieux.

« Vous avez été cambriolés ! »
annonça M. Blaireau en attrapant
une hermine par la peau du cou
et en la tenant en l'air.

« Ooooohhhh !!! » Ils en eurent
tous le souffle coupé.

« Pendant que vous vous
rendiez à cette soi-disant fête, ces
trois bons à rien cambriolaient vos
maisons », continua M. Blaireau.

« Alors les invitations que j'ai
distribuées à tout le monde n'étaient
qu'un piège ! » s'écria le pauvre Tito.

« Exactement ! dit M. Blaireau.
Heureusement que je suis resté ici ! »

« Heureusement ! » s'écrièrent Susie la Souris et Mme Lapin Gris en lui sautant au cou.

« Doucement ! » dit M. Blaireau en rougissant. « Maintenant, au lit tout le monde. Vous devez être fatigués, surtout les petits. Je vais enfermer ces trois vauriens dans ma cave et je m'occuperai d'eux demain matin. »

Les animaux ramassèrent tous leurs trésors et rentrèrent se coucher. Ils tombaient de sommeil.

« C'est bon d'avoir quelqu'un d'aussi intelligent que vous pour veiller sur nous, Blaireau », dit Tito la Taupe en se frottant les yeux.

« Ça c'est sûr ! » acquiesça M. Blaireau en lui tendant une tasse de thé bien fort.

« Demain après-midi, à trois heures précises, je donne une fête. Il y aura plein de beaux gâteaux et de sandwichs, et il y aura des jeux et de la musique ! » annonça M. Blaireau en se versant une autre tasse de thé.

« Tito la Taupe ! Peux-tu distribuer ces invitations à la première heure demain matin ? »… mais Tito la Taupe s'était endormi.

46

Des ballons partout

Louis était à un mariage. Quand il arriva à la salle de réception, il vit une multitude de merveilleux ballons.

Ils étaient accrochés aux tables et aux chaises avec de jolis rubans dorés... des gros ballons, des petits ballons, et des ballons très spéciaux qui lançaient de jolis confettis en éclatant... BOUM !

Louis et les autres enfants du mariage s'amusèrent comme des fous avec tous ces ballons.

Ils coururent et jouèrent jusqu'à l'épuisement.

Alors, un par un ils s'assirent et lâchèrent leurs ballons... Mais que se passa-t-il ?...

... Un par un les ballons montèrent jusqu'au plafond et y restèrent !

Ils furent tous très contrariés... tous sauf un !

Louis avait remarqué que les ballons étaient accrochés aux chaises et aux tables. Alors, quand il avait voulu jouer et sauter partout, il les avait attachés autour de son poignet et autour de son ventre.

Bravo Louis ! Mais fais bien attention de ne pas t'envoler jusqu'au plafond !

Véra prend une douche

Véra la vipère était très vaniteuse. Elle ne pouvait pas s'empêcher de s'admirer.

« Je suis vraiment jolie, dit-elle en passant devant une flaque. Non, ce n'est pas ça, soupira la vipère vaniteuse en regardant son reflet, je suis absolument magnifique ! »

Le jardin était très mouillé ce matin-là, et Véra passa beaucoup de temps à s'admirer, de flaque en flaque.

Tout à coup, tandis qu'elle ondulait tranquillement, Véra rencontra un autre serpent.

« Vraiment très quelconque ! siffla-t-elle méchamment. Trop maigre, et aucun charme ! »

À ce moment-là, tout à coup, elle reçut un jet d'eau glacée dans la figure.

« Et en plus il a mauvais caractère ! » gémit la pauvre Véra, complètement trempée et frigorifiée.

Si seulement elle avait su… Véra parlait au TUYAU D'ARROSAGE !

Le cadeau d'Emilio

C'était l'anniversaire d'Emilio. Le petit Mexicain avait eu beaucoup de cadeaux et était très heureux.

« Il y a un dernier cadeau très spécial, lui dit son père. Mais avant il faut me promettre de t'en occuper quoi qu'il arrive ! »

Emilio promit, et courut découvrir son cadeau très spécial.

En contournant la maison, il n'en crut pas ses yeux. Devant lui, au milieu de la cour, se tenait un joli petit âne… son âne à lui !

« Je t'appellerai Paco ! » dit Emilio à son nouvel ami en l'emmenant boire de l'eau fraîche.

Paco était beaucoup trop petit pour atteindre l'abreuvoir, mais le petit Mexicain trouva vite une solution.

« J'ai promis de m'occuper de toi quoi qu'il arrive, dit Emilio en riant. Et c'est ce que je ferai ! »

49

Les nouvelles roues

C'est un triste jour. Charlie le chien a perdu ses roulettes ! Elles sont tombées l'une après l'autre et ont disparu dans le jardin.

« Pauvre Charlie ! dit le robot. Que vas-tu faire ? »

« Pas grand chose, répondit tristement Charlie. Sans roues je peux rester au même endroit pour toujours ! »

« Cherchons bien, suggéra le clown aux cheveux rouges. On va peut-être trouver quelque chose de la même forme que tes roues ? »

Et les jouets commencèrent à chercher.

Très vite l'un d'eux découvrit un sachet de pièces en chocolat que les enfants avaient laissé là.

« C'est parfait ! » s'écria le clown. Et il les attacha sur Charlie.

Ce système fonctionna parfaitement pendant un moment, mais la roue avant fondit lorsque le soleil apparut. Quant aux roues arrière, le cochon d'Inde les grignota.

« On trouvera peut-être des roues au fond de la vieille malle à jouets, dit le robot. Elle est pleine de jouets dépareillés ! »

Ils unirent leurs forces pour ouvrir le couvercle de la vieille malle, et commencèrent à fouiller.

« Regardez ce que j'ai trouvé ! » cria l'un des jouets qui tenait un trésor oublié.

« Et ça ! Je ne savais pas que c'était là-dedans ! » cria un autre.

50

« Je n'ai jamais vu un tel bric-à-brac », soupira Charlie devant le tas de roues seules…

… Il y avait des roues de vélo, des roues de poussette, toutes sortes de volants, des pignons et des roues de voiture, des roues de toutes les tailles… mais pas une seule à la taille de Charlie.

« Regardez ça ! s'écria joyeusement une poupée. J'ai retrouvé mon vieux collier et ma ceinture rouge. Je croyais les avoir perdus pour toujours ! » Et elle les enfila sans plus attendre.

« Voici ma clef ! dit la coccinelle mécanique. Quelqu'un peut me remonter ? »

« J'ai trouvé la coupe que j'ai gagnée l'année dernière ! » hurla le petit pilote de course.

« Et moi le chien de berger de la petite ferme ! » dit en souriant Annie la poupée articulée.

« Tout le monde a trouvé quelque chose qu'il aimait ou qu'il avait perdu, dit Charlie très déçu. Mais moi je ne trouve pas de roues à ma taille ! »

Un patin à roulettes jaune vif roula soudain hors de la vieille malle.

« Il ne reste plus que moi, dit le patin en se présentant à Charlie. Tout seul je ne sers à rien, mais mes roues t'iront très bien à toi ! »

Les jouets soulevèrent Charlie pour le poser sur le patin qui était parfaitement à sa taille.

« Je suis même mieux qu'avant ! » s'écria Charlie en riant. Il filait maintenant comme une flèche.

« Ce sont mes roues super rapides ! » cria joyeusement le patin… Il avait été abandonné et oublié depuis beaucoup trop longtemps !

51

L'autre petit zèbre

Ziggy était un petit zèbre très obéissant. Il avait une règle : faire ce que disaient ses parents, et rester près de sa maman.

Alors, il restait là et mâchonnait l'herbe douce des plaines africaines.

Mais un après-midi particulièrement chaud, Ziggy sentit monter la soif et se détacha du troupeau pour trouver de l'eau.

Il arriva bientôt près d'un lac, et quand il se pencha pour boire, un autre petit zèbre fit la même chose !

Ziggy secoua la tête, et l'autre petit zèbre fit la même chose.

Ziggy fit gigoter ses oreilles, et l'autre petit zèbre fit la même chose.

« Arrête de me copier ! » cria Ziggy, mais l'autre petit zèbre le regarda sans rien dire.

À ce moment là il entendit des gloussements et des rires, car tous les animaux alentour trouvaient ça drôle.

« Ton nouvel ami zèbre ne peut pas te répondre », ricana un bébé hippopotame.

« Tu parles à ton propre reflet, Ziggy ! » Les petits animaux éclatèrent de rire une fois de plus.

« Ne t'en fais pas, le rassura une jeune girafe, on a tous fait la même erreur ! »

Papa télé- phone

Marie, Marine et Martine étaient toujours au téléphone. Elles appelaient leurs amies et leurs amies les rappelaient. Elles papotaient pendant des heures !

Les trois fillettes téléphonaient pour se donner rendez-vous à la piscine, à la danse ou à une fête.

Elles appelaient les cinémas, les gares et les magasins.

Elles parlaient au médecin, au dentiste, au vétérinaire et au coiffeur… Leur pauvre papa n'arrivait jamais à passer un coup de fil !

Et un beau jour Marie, Marine et Martine regardèrent par la fenêtre, et que virent-elles ?… Papa qui téléphonait de sa propre cabine téléphonique… dans le jardin !

Allez, grogne !

Tim le petit tigre décida d'aller dans la jungle avec son nouvel appareil photo.

« Je prendrai des photos de tous les animaux féroces qui s'y trouvent ! dit-il. Dès que j'en vois un gronder ou montrer les dents… CLIC CLAC… je prends une photo sur le vif ! »

Il mit une pellicule dans son appareil, mit son chapeau et partit.

À peine avait-il pénétré dans la jungle moite qu'il rencontra un léopard… toutes dents et griffes dehors !

« Allez, grogne ! » dit Tim le petit tigre en montrant son appareil.

« Désolé, répondit le léopard. Je prends une douche pour sentir bon. Salut ! »

Plus loin Tim rencontra un gros orang-outan assis dans un arbre… Qu'il était laid !

« Prends l'air méchant pour la photo » dit Tim.

« Je n'ai pas le temps, dit le singe en souriant. Je dois travailler ma flûte. Demain j'ai un examen ! »

Alors Tim le petit tigre continua son chemin. Il aperçut soudain un boa constrictor qui pendait d'une branche.

« Siffle, s'il te plaît », dit Tim le petit tigre en visant avec son appareil.

« Sûrement pas, répondit le serpent en prenant un plumeau.

Je fais le ménage dans ma chambre. Va-t-en... sauf si tu aimes faire la poussière ! »

Tim continua dans les broussailles jusqu'à ce qu'il rencontre un crocodile.

« Fais un grand sourire et montre-nous tes dents pointues ! » blagua Tim le petit tigre en faisant la mise au point.

Tim le petit tigre fut immédiatement prêt à faire sa photo.

« Ravi de te rencontrer, gloussa le rhinocéros ravi. Tu peux m'aider

à répéter mon texte pour le spectacle de demain soir ? Ça s'appelle "Jeux de Jungle", et moi j'ai un rôle comique ! »

« Mais ce n'est pas possible ! Je rêve ! » s'écria Tim en regardant tout autour de lui.

« Les animaux de la jungle sont censés être féroces et terrifiants ! » hurla-t-il. Puis il posa son appareil et se mit à rugir, rugir, rugir !

Il fit tellement de bruit que les gens affluèrent de partout pour venir prendre des photos du TIGRE LE PLUS FÉROCE DE LA JUNGLE !

« J'allais justement déguster cette assiette de sandwichs à la confiture, dit le crocodile en souriant. Tu veux goûter ? » Mais Tim le petit tigre poursuivit sa route... Ce crocodile avait l'air vraiment trop bête avec sa serviette blanche autour du cou !

Un perroquet jacassa bruyamment au-dessus de lui. Tout à coup, écrasant tout sur son passage, surgit l'une des créatures les plus féroces et les plus méchantes de la jungle : un énorme rhinocéros à deux cornes.

55

Le gros chat roux

« J'aimerais faire quelque chose au sujet de Rouquin », murmura la souris tandis que le gros chat roux apparaissait dans la chatière.

Toutes les souris coururent vite se cacher dans les buissons avant qu'il ne les attrape.

« Il est partout ! » se plaignit une souris brune.

« On ne peut même plus aller dans la cuisine pour manger les miettes ou les biscuits au fromage », dit une autre souris.

« Et c'est pareil dans le jardin, sanglota une jolie petite souris avec un gros nœud rose. On devrait être en train de faire un pique-nique avec les restes du barbecue, mais ce gros chat roux engloutit tout ce qu'il voit ! »

« Il vous engloutirait aussi, siffla un rouge-gorge qui volait par là. Attention ! Attention ! »

« Le rouge-gorge a raison, dit la souris brune. Il faut faire quelque chose à propos de ce gros Rouquin ! »

Au même moment une ombre noire passa sur leurs têtes.

« Rien à craindre, annonça la souris brune. C'est juste une montgolfière ! »

Et en quelques minutes le ciel fut rempli de ballons de toutes les tailles et de toutes les formes.

« Que c'est beau ! » soupira la jolie petite souris avec le nœud rose.

« C'est vrai, acquiesça la souris brune. Et ces ballons m'ont donné une idée géniale ! »

Rouquin le gros chat ne vit jamais les ballons géants car il s'était endormi au soleil.

« J'ai besoin de six souris très fortes, et tout de suite ! cria la souris brune très sérieuse. Nous allons acheter un ballon ! »

Après un temps qui parut interminable, les six souris très fortes revinrent en portant un énorme paquet.

La souris brune l'ouvrit. « Commencez à pomper ! » ordonna-t-elle. Et les six souris obéirent.

« Qu'est-ce-que c'est ? » demanda la jolie petite souris avec le nœud rose.

« C'est un ballon très spécial qui va flanquer la frousse de sa vie à ce gros chat roux ! » pouffa la souris brune.

« C'est une SOURIS GÉANTE ! » s'écria la jolie petite souris de sa voix aiguë. Elle est encore plus grosse que Rouquin ! »

Alors que la souris géante commençait à s'élever dans les airs, le gros chat roux ouvrit péniblement un œil.

Le ballon lui fit tellement peur qu'il bondit sur ses quatre pattes.

« Je ne chasserai plus jamais de souris de ma vie ! » hurla-t-il d'effroi, et il disparut dans les buissons.

Les souris dansèrent toute la nuit, heureuses d'être finalement libérées de cet affreux chat roux.

Kiki et les oursons blancs

Kiki l'Esquimau entendit un bruit étrange. Quelqu'un semblait gratter et souffler derrière la porte de son igloo.

« Ce doit être un visiteur, dit Kiki, et il ne trouve pas la sonnette ! »

Il enfila vite ses habits chauds et sortit.

Kiki trouva deux oursons polaires blottis l'un contre l'autre. « On est perdus ! »

« Pas étonnant, blagua Kiki. J'ai moi-même du mal à vous voir dans la neige blanche ! »

À ce moment-là, Maman Ours arriva d'un pas lourd.

« Je les perds tout le temps ces deux-là ! grogna-t-elle. À peine sortis, ils disparaissent ! »

« Ça ne m'étonne pas » dit Kiki, minuscule à côté de l'ours polaire.

Les oursons étaient aussi blancs que la neige qui les entourait, et le petit Esquimau savait exactement comment résoudre le problème de Maman Ours.

Il rentra dans son igloo et en ressortit bientôt avec deux survêtements multicolores.

« Je mettais ça quand j'étais petit, et ma mère savait toujours où j'étais ! »

Les deux oursons blancs enfilèrent leurs nouveaux habits sans plus tarder.

« Jouons à cache-cache ! » hurlèrent-ils en s'éloignant dans la neige.

« Ça va être difficile ! » dirent Kiki et Maman Ours en riant.

Couac, couac, couac !

Un matin, Bob le Lapin trouva un étrange sifflet tout au fond d'un tiroir.

Il prit une grande bouffée d'air et souffla de toutes ses forces dans le petit trou.

« Couac, couac, couac ! fit le sifflet. Couac, couac ! »

« Ce n'est pas un sifflet, s'écria Bob d'un air ravi. C'est un appeau ! Pour imiter les canards ! » Et il souffla encore dedans « Couac, couac, couac, couac ! »

« Je devrais pouvoir m'amuser avec ça », gloussa Bob le Lapin. Il courut chez M. Renard et se cacha derrière la haie.

Quand M. Renard sortit de chez lui, Bob se mit l'appeau sur la bouche et souffla de toutes ses forces !

« Couac, couac, couac, couac ! »

« Est-ce bien un canard que j'entends là ? demanda M. Renard en tendant l'oreille. Oui ! Oui ! C'est bien ça ! » Et il dansa de joie.

M. Renard rentra précipitamment dans la maison. Il alluma le four et mit une énorme casserole d'eau à bouillir.

« Le menu de ce soir, c'est "Canard rôti, carottes, haricots verts" ! » chantait-il à tue-tête.

Bob le Lapin était toujours caché derrière la haie. Il riait si fort qu'il pouvait à peine souffler dans l'appeau.

M. Renard apparut sur le seuil, très inquiet. « Je n'entends plus le canard, s'exclama-t-il. J'espère qu'il ne s'est pas envolé ! »

Bob le Lapin arrêta de rire et souffla dans l'appeau.

« Couac, couac, couac, couac ! »

« Génial ! Super ! s'écria M. Renard rassuré. Du canard au dîner. Quel festin ! »

Tout en écoutant le canard, M. Renard cueillit quelques carottes et des haricots verts dans son potager.

« Mes légumes préférés ! » chuchota Bob le Lapin derrière sa haie.

« Couac, couac, couac, couac ! »

Le moment était venu pour M. Renard de contourner la haie et d'attraper le canard du dîner.

Quelle surprise ! Il ne vit pas de canard, mais seulement Bob le Lapin assis par terre en train de souffler dans son appeau !

« Couac, couac, couac, couac ! »

M. Renard fut tellement déçu qu'il jeta son panier par terre et piqua une crise de rage !

Vif comme l'éclair, Bob le Lapin attrapa le panier et courut aussi vite qu'il put.

« Haricots verts et carottes fraîches ! Mes légumes préférés ! » hurla-t-il en s'enfuyant.

« Couac, couac, couac, couac ! »

61

Une histoire, et au lit !

L'heure était venue pour les petits lapins d'aller se coucher.

« On a juste le temps de lire une histoire avant d'aller au lit », dit maman Lapin. Elle s'assit dans son grand fauteuil, choisit un livre de contes et ouvrit son sac pour y prendre ses lunettes.

« Mon Dieu ! dit Mme Lapin Gris. Il y a tellement de choses dans ce sac ! Les lunettes ont dû tomber tout au fond. »

Elle commença donc à vider son sac. Elle en sortit d'abord des sucres d'orge, un pour chacun.

Ensuite elle trouva six chaussettes dépareillées, un club de golf et un ballon de plage.

« J'ai vraiment ramassé de tout ! » s'esclaffa Mme Lapin Gris en retirant de son sac un harmonica, une vieille épuisette et une petite pelle.

Elle était presque arrivée au fond du sac.

« Pas de traces de mes lunettes, malheureusement ! » Et elle sortit le dernier objet, un vieux réveil qui se mit à sonner, sonner, sonner !

« Oh là là ! souffla Mme Lapin Gris. Il est huit heures. Allez, tout le monde au lit ! »

« Mais on n'a pas eu notre histoire ! » crièrent les petits lapins d'une seule voix.

« Et moi je n'ai toujours pas retrouvé mes lunettes ! » dit la maman en secouant la tête.

Alors les petits lapins gris commencèrent à chercher les lunettes aussi vite que possible… dans les placards et les tiroirs, sous les tables et sur les armoires, derrière les rideaux et dans la cheminée. Ils regardèrent même sous le parquet !

Tout à coup, le plus jeune des petits lapins sauta en l'air. « Je les ai trouvées ! Je les ai trouvées ! » cria-t-il en tenant les lunettes perdues de maman Lapin.

« Elles étaient dans son fauteuil depuis le début ! » hurla le petit lapin.

« Venez tous autour de moi, vite ! dit Mme Lapin Gris en mettant ses lunettes sur le bout de son nez. On a juste le temps de lire une petite histoire…

… Il était une fois une très belle jeune fille qui s'appelait Cendrillon. Un jour elle se rendit au bal du palais et perdit sa pantoufle de verre… »

Tous les petits lapins écoutèrent l'histoire jusqu'au bout, sans dire un mot… tous sauf bébé lapin qui s'était endormi dès le début !

Réveille-toi Mireille !

Mireille avait de grandes oreilles. C'était une jolie petite lapine.

Mais Mireille était toujours en retard : le matin pour se lever, à midi pour déjeuner, et même le soir pour se coucher !

Ce soir-là, alors qu'elle se préparait à aller au lit, un de ses amis lui dit : « Mireille, demain matin nous partons tous en vacances. »

« J'ai fait ma valise, nettoyé mes chaussures, et préparé les habits que je vais mettre », répondit-elle tout en vérifiant ses montres et ses horloges.

« Je serai debout à six heures pile ! » marmonna-t-elle en réglant son réveil.

Mais Mireille a des oreilles tellement longues qu'elle n'entend jamais sonner le réveil (et pourtant il fait beaucoup de bruit !)

« Comment faire pour être sûre de me réveiller à six heures du matin ? » se demanda Mireille en regardant tout autour d'elle.

« Ça y est, je sais ! s'exclama-t-elle. Je vais dormir dans la vieille horloge de grand-père. Comme ça, je suis sûre d'entendre sonner les six coups, et je ne serai pas en retard pour partir en vacances ! »

Le cadeau de Carlo

Carlo était à la recherche d'un cadeau. « Demain c'est l'anniversaire de mon frère, dit-il à la vendeuse. Je dois absolument lui trouver un cadeau aujourd'hui ! »

« Que dirais-tu d'une belle paire de chaussettes marron ? » demanda la femme.

« Non, ça ne va pas ! » répondit Carlo.

« Une chemise blanche en coton ? » Elle lui en montra une.

« Trop quelconque ! » dit Carlo en secouant la tête.

« Une boîte de mouchoirs ? » suggéra la vendeuse.

« Beurk ! » s'écria Carlo. Il la remercia et s'en alla.

Tandis qu'il déambulait dans le magasin à la recherche d'un cadeau, Carlo passa dans le rayon des accessoires de cuisine. Il se trouva entouré de casseroles et de poêles, de bouilloires et de pots.

« Il ne voudra rien de tout ça… » Et Carlo soupira.

Mais derrière les robots-mixeurs et les passoires, Carlo vit soudain quelque chose que son frère aimerait avoir. Il sortit alors son argent et acheta le cadeau.

Le lendemain matin, le frère de Carlo fut enchanté en ouvrant son paquet.

« C'est parfait ! » dit-il en riant.

Le frère de Carlo était clown dans un cirque, et il avait cassé toute la vaisselle du petit-déjeuner en s'entraînant à jongler.

« Mes vieilles tasses étaient vraiment très banales », dit-il. « Celles-ci sont superchouettes, et je te promets de ne pas les casser ! »

« Allez ! dit Carlo à son frère. Prenons notre petit-déjeuner ! »

La guêpe qui fit le tour du monde

Gégé la guêpe partit en voyage. Ce ne fut pas un long voyage, mais elle fit quand même le tour du monde !

Les autres insectes furent très impressionnés.

« Notre Gégé a fait le tour du monde tout seul ! » bourdonnèrent-ils.

« Comment l'as-tu fait en si peu de temps ? »

« Suivez-moi ! lança Gégé. Je vais vous montrer ! »

Gégé traversa le jardin, contourna deux rosiers, entra par une fenêtre de la villa… FIT LE TOUR DU MONDE… et ressortit par la fenêtre !

« Tu nous as bien eus ! » bougonna le bourdon.

« Et oui ! vrombit Gégé. Et je vais refaire le tour du monde, mais cette fois-ci je vais me poser sur le Japon, l'Australie ou peut-être même l'Espagne ! » Et le voilà reparti !

Le garde Jordy

Un beau matin, le garde Jordy reçut un appel très important.

« Comme tu es un garde merveilleux, dit le chef des gardes à l'autre bout du fil, je t'envoie dans la forêt des Grands Pins à la recherche de dangereux bandits. Je sais que tu es l'homme de la situation, continua le chef des gardes, alors bonne chance merveilleux Jordy ! »
Et il raccrocha.

Jordy mit quelques uniformes de rechange et une carte dans son sac, et prit la route en direction de la forêt des Grand Pins.

Il roula toute la journée et arriva juste avant le coucher du soleil à son nouveau poste ; c'était une petite cabane en bois avec un grand drapeau aux couleurs des gardes qui flottait au gré du vent.

« Me voici enfin arrivé à destination ! dit Jordy en faisant un beau salut. Je ferais mieux de déballer mes affaires et de m'installer avant la tombée de la nuit. »

La cabane n'était pas bien grande, mais elle était douillette et il n'y manquait rien.

« Demain, dit Jordy en bâillant, je partirai à la recherche des dangereux criminels. Mais ce soir je vais me préparer de bonnes crêpes au sirop d'érable, et au lit ! »

67

Il mit la table, prépara une pile
de crêpes chaudes sur une assiette,
et était sur le point de verser le sirop
quand quelqu'un frappa à la porte.

« Est-ce-que ça sent les crêpes
au sirop d'érable ? » demanda une
petite voix.

Quand Jordy ouvrit la porte de
sa cabane, il se trouva nez à nez avec
un minuscule écureuil rayé.

« Il commence à faire sombre
et froid, là-dehors, dit le petit animal.
Puis-je entrer et manger quelque
chose ? »

« Mais bien sûr ! dit en
souriant Jordy qui commençait à se
sentir seul. J'ai fait assez de crêpes
pour nourrir toute la forêt des Grands
Pins ! »

« Dans ce cas, gloussa le petit
écureuil, laisse entrer mes amis le
lapin et le raton laveur, d'accord ? »

« Il y a assez de place et de
crêpes pour tout le monde ! » dit

Jordy en riant. Il ouvrit la porte en
grand.

« Et moi ! Et moi ! » cria un
gros ours brun qui arrivait à pas
lourds.

« Faites-nous de la place ! »
s'écria un couple d'écureuil roux qui
trottina jusqu'à la cabane.

Quand Jordy put enfin refermer
la porte, il fut surpris par le spectacle.

La cabane était remplie
d'animaux de la forêt. Certains
mangeaient des crêpes, d'autres

buvaient du café chaud, et les plus
petits dormaient au coin du feu.

« Vous restez pour la nuit ? »
demanda Jordy en découvrant qu'il
y avait aussi plusieurs castors.

« Oh oui, merci ! » répondirent
tous les animaux. Et ils
commencèrent à s'installer pour
la nuit.

Jordy sentit tout à coup qu'on
le tirait par la manche.

« Personne ne veut dormir à
côté de moi ! » pleurnicha un petit
putois qui avait apporté son sac de
couchage.

« Mais comment as-tu fait pour
entrer ? » souffla Jordy qui n'avait
maintenant plus de place pour
dormir.

Le petit putois avait l'air très
triste.

« Tu sais ce qu'on va faire ?
dit Jordy. On va dormir dehors tous
les deux. Je vais allumer un feu
et on sera bien au chaud ! »

Et c'est ce qu'ils firent !

« Et bien, au moins, je ne me
sentirai jamais seul dans ma nouvelle
maison », dit Jordy en soupirant. Il
regarda le ciel étoilé. « Mais mes
nouveaux amis ne vont pas tenir
longtemps dans ma cabane. Demain
je vais leur trouver une nouvelle
maison ! »

Mais ça, c'est une autre
histoire…

Passe le paquet

Un jour qu'il faisait beau et que la mer était calme, l'équipe de sauveteurs se retrouva sans travail.

« Tout le monde est bien sage aujourd'hui, dit l'un des marins. Personne n'est parti à la dérive, endormi sur son matelas pneumatique, et personne n'a été emporté par la marée ou jeté sur les rochers. »

Le facteur arriva quelques instants après. « Y'a pas de lettres pour vous, les gars ! » dit-il joyeusement. Tous les marins se mirent à rouspéter.

« Mais il y a un gros paquet ! »

Il le déposa et continua sa tournée.

« Je me demande ce que c'est ! s'écria un sauveteur. Ouvrons-le vite ! »

« Non, pas tout de suite ! dit le patron. Comme on n'a rien à faire pour l'instant… on va jouer à "Passe le Paquet" ! »

Tous les marins hurlèrent de joie.

« Je n'ai pas joué à "Passe le Paquet" depuis l'enfance ! » dit l'un d'eux.

« Moi non plus ! gloussa un autre. Mais je me rappelle bien comment on joue. On s'assied tous en rond, et pendant qu'il y a de la musique on se passe le paquet. Quand la musique s'arrête, celui qui a le paquet dans les mains doit commencer à l'ouvrir. »

« Je m'occupe de la musique, dit le patron. Allez les gars, mettez-vous tous en rond ! »

Les marins se passèrent vite le paquet de main en main et en rond, en rond, en rond… Chacun leur tour ils enlevaient le papier d'emballage.

« Ce paquet devient de plus en plus petit, dit un marin. Il ne restera bientôt plus rien ! »

« Je crois que c'est la dernière couche ! » cria celui qui venait de recevoir le paquet.

« Dépêche-toi ! hurla son voisin. Tire la ficelle et dis-nous ce que c'est ! »

… Ils découvrirent vite ce que c'était !

Au moment où le marin tira sur la ficelle, il y eut un bruit… un bruit d'air qui s'échappe d'un ballon. Un énorme canot gonflable apparut soudain au milieu du cercle, et il grossit et grossit à vue d'œil !

Les hommes furent tellement surpris que plusieurs d'entre eux tombèrent à la renverse.

« Allez les gars ! hurla le patron en éteignant la musique. On n'a plus le temps de jouer ! On va tous descendre à la plage et mettre notre nouveau canot de sauvetage à la mer ! »

Madeleine démolit la maison

Quand Pierre jouait de l'accordéon et sifflotait une chanson, les gens se mettaient à danser.

Madeleine, sa femme, aimait chanter avec lui, mais avec elle, c'était une autre histoire !

La voix de Madeleine était si stridente que le verre volait en éclats dès qu'elle montait dans les aigus.

Elle avait brisé toutes les vitres de sa maison et fêlé son plus précieux miroir !

« Tu chantes merveilleusement bien », soupirait Pierre en jouant la chanson préférée de Madeleine.

Plus Madeleine chantait, plus elle causait de dégâts. Les maisons commençaient à trembler, les cheminées se décrochaient… même la flèche de l'église se tordait !

Un jeune homme demanda un jour à Pierre de venir jouer de l'accordéon dans la rue, devant sa maison.

Pierre s'y rendit avec Madeleine, car elle voulait chanter un air ou deux.

Au beau milieu de la chanson préférée de Madeleine, le jeune homme se mit à sauter de joie.

« C'est sûrement ta voix sublime qui lui fait cet effet, Madeleine, dit Pierre en lui souriant. Chante plus fort, chérie ! »

Il y eut tout à coup un fracas de tous les diables et la maison du jeune homme s'écroula !

« Comment puis-je vous remercier, Madeleine ! jubila l'homme en lui baisant la main. Je devais faire démolir ma vieille maison pour pouvoir en construire une nouvelle… et vous m'avez rendu ce service grâce à votre merveilleuse voix ! »

73

Rosie sait lire

Toute la famille était très fière de la petite Rosie car elle avait appris à lire. Grand-père et grand-mère lui offrirent une grosse encyclopédie avec beaucoup de texte et très peu d'images.

Et papa et maman lui achetèrent une montagne de livres pleins de poneys, de princesses et d'aventures enchantées.

Rosie les lut tous !

Un après-midi où tout le monde était assis au salon, Rosie prit un de ses livres et l'ouvrit à la première page.

« Vous voulez que je vous lise l'histoire de la Princesse et du Petit Pois ? » demanda la petite fille. Ils furent tous d'accord pour l'écouter.

« Il était une fois… », commença Rosie, et elle lut l'histoire jusqu'au bout.

« Vous voulez que je vous en lise une autre ? » demanda Rosie. Elle prit un autre livre et se remit à lire.

Rosie lut une autre histoire, puis une autre, et une autre… et tous les autres écoutaient, charmés… en tous cas, c'est ce qu'elle croyait !

Dany et le dragon

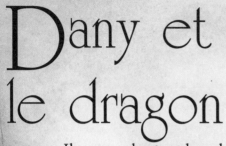

« Il y a un dragon dans le jardin ! » dit Dany à sa maman.

« Mais c'est très bien, chéri murmura-t-elle (elle était en train de faire un soufflé). De quoi a-t-il l'air ? »

« Il a des écailles vertes et une grande queue fourchue. Ses narines sont énormes et il lui arrive de cracher du feu… mais la plupart du temps il fait juste des nuages de fumée ! » répondit Dany qui donnait toujours les détails.

« Mais c'est très bien, chéri », dit maman en regardant le soufflé qui se dégonflait lentement.

Alors Dany sortit voir son papa.

« Il y a un dragon dans le jardin ! » dit Dany.

« Est-ce-qu'il a de grands pieds ? » demanda son papa.

« Gigantesques ! répondit Dany. Il a des pieds plats, trois orteils géants et de longs ongles recourbés ! »

« Alors dis-lui de se tenir à l'écart de mes plantes ! » dit papa qui ratissait le sol à l'endroit même où le dragon avait laissé une empreinte géante.

« Tu as dit qu'il y avait quoi dans le jardin ? » demanda papa.

« Un dragon ! » répondit Dany.

« Alors montre-le-moi ! » dit papa.

« Il est parti maintenant, dit Dany, mais on voit bien par où il est passé ! »

Le secret de Petit Ruisseau Argenté

Petit Ruisseau Argenté avait un secret qui l'avait occupé toute la semaine.

Le matin il sortait discrètement de sa hutte et traversait le village endormi. Ensuite il courait rapidement jusqu'à l'endroit où la rivière fait un coude, car la boue y était molle et collante, idéale pour faire de la poterie.

Petit Ruisseau Argenté avait cassé tous les pots préférés de sa maman (sans faire exprès bien sûr !) Alors il avait passé toute la semaine à lui en faire de nouveaux et à les cuire au soleil.

Quand ils furent enfin prêts, Petit Ruisseau Argenté les rapporta au village.

Tout le monde s'approcha de lui pour regarder, très curieux de savoir ce qu'il avait fait toute la semaine.

Malheureusement, quand Petit Ruisseau Argenté posa ses pots sur la table… ils roulèrent ! Et on comprend pourquoi !

Il avait oublié de faire des bases plates à ses pots !

Le village se moqua de Petit Ruisseau Argenté qui baissa la tête tout honteux.

« À quoi sert un pot qu'on ne peut pas remplir d'eau ! cria quelqu'un. On devrait plutôt t'appeler Petit Ruisseau Empoté ! »

Mais sa maman était très maligne. Elle alla aussitôt à la rivière et fit des anneaux de terre. Elle les laissa ensuite cuire au soleil et retourna les chercher le lendemain.

Quand elle rentra à la maison, elle posa chaque pot sur un anneau de terre. C'était parfait ! Les pots ne tombaient plus !

Petit Ruisseau Argenté et sa maman remplirent chaque pot à ras bord.

« J'aime beaucoup mes nouveaux pots, dit la maman de Petit Ruisseau Argenté en riant, parce que tu les as faits rien que pour moi ! »

La vieille barque

Pépé le Pêcheur était en pleine mer quand sa barque commença à faire eau.

« Doux Jésus ! s'écria-t-il en voyant la taille du trou. Si je ne me dépêche pas, je vais couler ! »

Il se mit alors à ramer comme un fou, et gagna le rivage juste à temps !

« Tu deviens trop vieux pour partir en mer », dit sa femme en l'aidant à remonter la vieille barque sur la plage.

« Tu as tout à fait raison, ma chérie, acquiesça Pépé le Pêcheur. Dorénavant, je pêcherai depuis la jetée avec ma canne à pêche. »

La femme eut une idée en regardant la vieille barque.

« Je vais remplir ta barque de plantes et de jolies fleurs, dit-elle en souriant. Ce sera ravissant devant la maison. »

Pépé le Pêcheur commença à s'inquiéter car il savait qu'il devrait arroser les plantes au moins deux fois par jour… et il détestait jardiner !

« J'ai une bien meilleure idée ! dit-il en croisant les doigts. Je vais remplir la vieille barque de sable, et les enfants pourront venir jouer dedans ! »

En effet, quelle bonne idée !

Gigi et les bébés

Gigi promit de garder tous les bébés grenouilles pendant que les adultes étaient à la fête.

« Ça ne va pas être facile ! » dit Vairon Vert en voyant les bébés sauter partout.

« Aucun problème ! dit Gigi en souriant. Je vais les mettre dans cette grande bassine pendant que je fais ma sieste. Il ne pourra rien leur arriver ! »

Et quand Gigi partit faire sa sieste, les bébés grenouilles se mirent à bondir dans toutes les directions !

Je crois que Gigi va avoir besoin d'aide pour rassembler tous ces bébés dispersés avant que leurs papas et mamans ne soient de retour !

Je ne dirai rien

Aline et Loïc étaient assis dans le jardin, sous un arbre. Ils se tournaient le dos sans dire un mot.

Ils s'étaient disputés, et refusaient désormais de s'adresser la parole.

Maman avait décidé de ne pas s'en mêler et restait dans la maison.

Aline et Loïc restaient donc assis là et regardaient droit devant eux, chacun bien déterminé à ne pas parler le premier.

Alors qu'Aline regardait le ciel, une soucoupe volante pilotée par un petit homme vert commença à tourner au-dessus de leurs têtes.

80

Au même moment Loïc vit un énorme génie bleu sortir de l'arrosoir de Papa.

Mais Aline et Loïc se tournaient toujours le dos en pensant : « Je ne dirai rien ! »

Puis un grand dragon tout rouge passa devant Aline, suivi d'un chevalier en armure.

Étaient-ce bien la Reine et sa belle couronne qui se promenaient dans l'herbe devant Loïc ?

Mais Aline et Loïc se tournaient toujours le dos en pensant : « Je ne dirai rien ! »

Une grosse araignée velue sortit soudain de l'herbe haute. Elle courut entre les orteils d'Aline et monta sur la jambe de Loïc.

« Au secours ! » hurla Aline qui bondit sur ses pieds.

« Enlève-moi ça ! » hurla Loïc d'une voix stridente.

« Très bien ! dit Maman dans la maison. Aline et Loïc se parlent de nouveau ! »

L e vœu
de Petit Nounours

« Je trouve ça dommage de ne pas pouvoir s'amuser avec les jouets des enfants quand ils sont couchés », soupira Petit Nounours.

« Mais si ! On peut ! dit Susie la poupée. Tous les soirs on joue avec les cubes et on fait un puzzle différent ! »

« Elle a raison ! ajouta le singe bleu. On joue à la dînette dans la maison de poupées. Si tu veux, on peut jouer aux dominos ce soir ! »

« Non, merci », soupira Petit Nounours, et il partit s'asseoir dans son coin.

« J'aimerais pouvoir jouer avec les voitures à pédales, comme les enfants ! dit-il. Vous avez vu comment ils se pourchassent et se rentrent dedans ? BOUM ! »

« On ne peut pas faire ça ! répondit le singe bleu. On réveillerait toute la maison ! »

« Je sais », soupira Petit Nounours, et il repartit s'asseoir dans son coin.

Les jouets firent tout leur possible pour persuader Petit Nounours de jouer avec eux, mais rien n'y fit. Alors il restait assis dans son coin tous les soirs.

Un jour, il se passa quelque chose qui changea tout. Les enfants qui rentraient de la piscine posèrent leurs bouées dans la salle de jeux.

« À quoi ça sert ? demanda Susie la poupée. On dirait une nouvelle espèce de coussin. »

« Pas tout à fait ! dit le singe bleu en souriant. Ils sont pleins d'air, et servent à te maintenir à la surface quand tu apprends à nager. »

« Ça ne nous sera pas très utile, alors », remarqua Susie, et elle partit jouer aux dominos avec les marionnettes.

« Et bien là tu as tort ! » dit le singe bleu en réfléchissant très fort.

« Petit Nounours ! cria-t-il. Viens voir ce que j'ai ! » Et il enfila les bouées sur les voitures à pédales.

Petit Nounours n'en crut pas ses yeux. « Maintenant on peut se pourchasser et se rentrer dedans sans faire BOUM ! »

« Personne ne nous entendra, dit Susie la poupée en riant. Allez Petit Nounours, laisse-moi faire un tour ! »

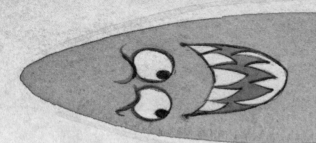

Frayeur sous-marine

Gigi la grenouille et son meilleur ami Vairon Vert nageaient tranquillement dans l'étang quand une grande ombre noire passa doucement au-dessus de leurs têtes.

« Ce doit être un canard ou une poule d'eau », dit Gigi en regardant tout autour d'elle.

« Impossible, rétorqua Vairon Vert qui commençait à paniquer. On aurait vu leurs pattes palmées ! »

Gigi et Vairon Vert regardèrent soudain vers le bas et virent la grande ombre noire nager en dessous.

« C'est un BROCHET ! » souffla Vairon Vert, et tous deux filèrent se mettre à l'abri derrière un rocher.

« Les brochets mangent les petits poissons comme moi ! » murmura Vairon Vert.

« Et les grenouilles aussi ! » coassa Gigi qui tremblait de peur.

Dès que le brochet disparut, les deux amis nagèrent aussi vite que possible vers l'eau peu profonde, où ils seraient plus en sécurité. Ils savaient que le gros brochet ne pourrait pas les y suivre.

« Tu as vu ses grandes dents ? » demanda Gigi.

« Il en a plusieurs rangées, pleurnicha Vairon Vert. On ne sera jamais plus en sécurité dans l'étang ! »

« Pourquoi ne pas lui faire la frayeur de sa vie ? » demanda un vieux rat d'eau qui vivait sur la berge.

« Oui, mais comment ? » demandèrent Gigi et Vairon Vert d'une même voix.

« Facile ! répondit le rat d'eau. Peignez un requin sous le voilier de Gigi. Je vous assure qu'il ne reviendra plus jamais tellement il aura eu peur ! »

Gigi partit donc chercher son voilier qui était attaché dans les roseaux, et ils se mirent au travail.

Quand la peinture fut sèche, Gigi, Vairon Vert et le rat d'eau mirent le voilier à l'eau et

grimpèrent à bord. « Ne faites pas un bruit ! » murmura le rat d'eau en se penchant par-dessus bord.

Une longue ombre noire filait en direction du voilier de Gigi. Puis, comme par magie, le brochet bondit hors de l'eau et s'enfuit vers un cours d'eau voisin.

Gigi et Vairon Vert le regardèrent sauter hors de l'eau jusqu'à ce qu'il ait disparu.

« Il est parti pour toujours ! s'écria le vieux rat d'eau en riant. On lui a flanqué une de ces frousses ! »

Gigi et Vairon Vert étaient bien d'accord ! Merci vieux rat d'eau !

Paco fait les courses

Paco, sa maman et sa petite sœur vont faire les courses tous les jeudis matin.

« Ma liste est très, très longue aujourd'hui ! » soupira la maman d'Emilio.

« On va emmener Paco et il va porter les courses », suggéra Emilio.

Ce matin-là, Emilio et sa maman firent beaucoup, beaucoup d'achats.

« Le pauvre Paco ne va jamais pouvoir porter tout ça ! dit Emilio. Il est beaucoup trop petit ! »

« Ne t'inquiète pas, répondit sa maman. Paco va porter ta petite sœur Maria, et moi je vais pousser les courses ! »

En week-end

Les jouets étaient invités à passer le week-end à l'hôtel.

« Que c'est amusant ! » crièrent les poupées, et elles allèrent vite préparer leurs plus belles robes.

« Comment y allons-nous ? demanda le petit chien. Je crois que les autres jouets n'ont pas leur permis de conduire eux non plus ! »

« Moi je conduis très bien, dit Petit Nounours, qui commençait à se sentir important. Vous y arriverez tous sains et saufs ! »

Les jouets passèrent la journée à laver et à repasser leurs plus beaux habits, et à préparer leurs affaires de toilette : dentifrice, gant propre...

Deux poupées décidèrent d'emmener leur raquette de tennis, et le lapin rose eut l'idée d'emballer ses clubs de golf.

« Est-ce-qu'on va nager ? » demanda le kangourou.

Tous les jouets se précipitèrent à l'étage pour trouver les maillots et les serviettes.

Le lendemain matin, ils se rassemblèrent sur le trottoir, avec des tonnes et des tonnes de bagages.

« Oh là là ! souffla Petit Nounours. Il n'y a pas assez de place pour vous et tous vos bagages ! »

Les toutes petites poupées commencèrent à pleurer. « S'il te plaît, Petit Nounours, ne nous laisse pas ici ! » supplièrent-elles.

« Mais non, voyons ! dit Petit Nounours. Mais vous avez tous trop de bagages pour un simple week-end. »

Petit Nounours choisit donc la plus grosse valise et suggéra de n'utiliser que celle-là.

« Cette valise tient parfaitement sur le toit du minibus, ce qui vous laisse plus de place à l'intérieur. »

Au début, les jouets n'étaient pas d'accord sur ce qu'ils prendraient, mais la valise fut finalement pleine à craquer. L'éléphant s'assit sur un côté, et une multitude de jouets s'assirent sur l'autre. C'était la seule manière de fermer la valise !

Pendant ce temps, une foule de jouets s'étaient amassés sur le trottoir. Ils arrivaient de tout le quartier pour voir ce qui se passait.

« C'est une brocante ! » cria quelqu'un.

« Non, ce n'est pas vrai ! » hurla la poupée de chiffon. Une grande poupée de porcelaine était en train de lui chiper sa robe préférée, mais elle la lui arracha des mains.

« Arrêtez de vous disputer et allons-y ! » cria Petit Nounours en se dirigeant vers le minibus.

« Attends-nous ! » s'écrièrent les jouets occupés à récupérer leurs affaires.

Le lapin rose aida vite l'éléphant à rassembler les derniers habits et à les mettre en sécurité dans la maison.

« On fera le tri au retour », dit Petit Nounours en tournant la clé de contact. Il regarda à l'arrière pour s'assurer que tous les jouets avaient bien attaché leur ceinture, et démarra enfin.

Ils laissaient derrière eux les autres jouets du quartier, bouche bée.

En plus, la poupée de chiffon avait tiré la langue et fait une vilaine grimace à la poupée de porcelaine qui voulait lui voler sa robe préférée !

Le pique-nique du Robot

Yvan avait un robot rigolo.

« Je m'appelle Robot d'Yvan ! » dit un jour le petit homme métallique, et ce fut son nom.

Robot d'Yvan se construisit un chien. « Son nom est "Pièces Détachées" parce que je l'ai construit avec du bric-à-brac ! » dit-il.

Un jour, alors qu'il faisait chaud, Yvan eut la bonne idée de faire un pique-nique sous les arbres.

« C'est moi qui apporte la nourriture et qui dresse la table », dit Robot d'Yvan. Et il partit en direction du garage et des outils.

« As-tu déjà fait un pique-nique ? » demanda Yvan en voyant ce qu'il y avait sur la table.

« Non, jamais, dit Robot d'Yvan en secouant la tête. J'ai juste apporté ce que j'aime manger et j'ai tout mis sur la table de pique-nique ! »

Alors Yvan alla dans la cuisine et rapporta lui aussi ce qu'il aimait manger ; et tout le monde se régala !

Le village de Jordy

Le garde Jordy se réveilla très tôt. La nuit d'avant, la plupart des animaux de la forêt s'étaient installés dans sa cabane.

Ils étaient si nombreux que Jordy et son nouvel ami le putois avaient été obligés de dormir dehors !

« Il faut que je leur trouve un endroit pour vivre, se dit Jordy. Et je dois le faire avant que le chef des gardes arrive. Je suis censé m'occuper de dangereux criminels, pas des ours, des écureuils et des castors… des castors ? » Jordy eut soudain une idée de génie.

Il réveilla doucement un petit castor qui avait dormi dans sa cabane.

« As-tu des frères et des sœurs ? » demanda-t-il au petit animal.

« Non ! bâilla le castor toujours endormi. Mais, en revanche, j'ai beaucoup d'oncles et de tantes, et je ne sais combien de cousins ! »

« Génial ! dit Jordy avec un grand sourire. Invitons-les à prendre le petit-déjeuner. »

Jordy et son ami le petit castor partirent donc à la recherche des autres castors de la forêt, avant même que les animaux de la cabane ne soient levés.

Quand Jordy gara sa Jeep dans la clairière près de la rivière, les castors étaient tous debout depuis longtemps. Ils travaillaient très dur à abattre des arbres et à construire un barrage.

« Vous m'avez l'air bien occupés ! » dit Jordy en se dirigeant vers le castor en chef.

« Pas du tout ! répondit le castor en chef. On n'a plus rien à faire après ce barrage. »

Il fut donc ravi d'entendre le plan de Jordy.

Tous les castors étaient pressés de repartir avec lui et de commencer immédiatement à travailler.

« Ce qu'un castor préfère, c'est ronger du bois toute la journée !

Il taille tes arbres avec la plus grande facilité !

Donne-lui du bois, et il restera ! » chantèrent-ils à tue-tête sur le chemin de la cabane de Jordy.

En chemin ils passèrent devant un camp de bûcherons.

« Je vais demander au chef des bûcherons de me prêter son bulldozer et deux ou trois tronçonneuses, proposa le castor en chef. On est bons amis et on se rend souvent service. »

Quand Jordy et les castors arrivèrent enfin à la cabane, les animaux étaient tous debout et habillés, prêts à prendre leur petit-déjeuner.

Jordy leur expliqua son plan en avalant des tartines.

« Avec l'aide des castors, vous allez construire vos nouvelles maisons tous ensemble. Il faudra d'abord nettoyer un peu la forêt et faire une petite clairière, puis vous pourrez construire votre petit village juste à côté de ma cabane. »

« Mais quand est-ce-qu'on commence ? » demandèrent les animaux d'une même voix.

« Quand j'aurai fini de manger ! » répondit Jordy en riant.

Les animaux se mirent au travail sans plus tarder.

Ils travaillèrent tous vraiment très dur et, un peu plus tard, tout le monde avait sa propre maison.

Plus personne ne fut jamais seul. Surtout Jordy qui avait maintenant beaucoup de nouveaux voisins !